AF509622

LA VÉNITIENNE,

COMÉDIE-BALLET,

REPRÉSENTÉE,

PAR L'ACADÉMIE-ROYALE DE MUSIQUE,

Le Mardi 3 Mai 1768.

PRIX XXX. SOLS.

AUX DÉPENS DE L'ACADÉMIE.

A PARIS, Chés DE LORMEL, Imprimeur de ladite Académie, rue du Foin, à l'Image Sainte Genevieve.

On trouvera des Exemplaires du Poeme à la Salle de l'Opera.

M. DCC. LXVIII.

AVEC APPROBATION ET PRIVILEGE DU ROI.

Le Poeme est de la MOTTE.

La Musique est de M. DAUVERGNE, *Surintendant
de la Musique du* ROI.

ACTEURS CHANTANTS
DANS LES CHŒURS.

CÔTÉ DU ROI.

CÔTÉ DE LA REINE.

Mesdemoiselles.	*Messieurs.*	*Mesdemoiselles.*	*Messieurs.*
Durand.	Héri.	Hebert.	l'Écuyer.
Guillaume.	Cailteau.	d'Agée.	Albert.
Fontenet.	Candeille.	des Rosieres.	Tourcati.
du Prat.	Van-Hecke.	Jouette.	Paris.
le Bourgeois	Vatelin.	Leger.	Touvois.
Beauvais.	Vaudemont.	de l'Or.	Beghain.
Chenais.	Lagier.	d'Alincour.	le Brument.
Renard.	Rose.	Lusignan.	Capois.
Héri.	Robin.	Sophie.	Laurent, c.
St. Leger.	Antheaume.	Martin.	Boi.
	Méon.	le Maire.	Laurent, l.
	Botson.		Huet.
	Cleret.		Galli.
	Tacusset.		de Bourgneuf
			Vivier.

✳✳✳✳✳✳✳✳✳✳·✳✳✳✳✳✳✳✳✳

ACTEURS CHANTANTS.

ISABELLE,	M^{de}. l'Arrivée.
LÉONORE,	Mlle. Beaumesnil.
OCTAVE,	M. le Gros.
ISMÉNIDE, *Devineresse*,	Mlle. du Bois.
ZERBIN, *Valet d'Octave*,	M. l'Arrivée.
SPINETTE, *suivante d'Isabelle*,	Mlle. Rosalie.
BARQUEROLLES.	
DEVINS ET DEVINERESSES.	
MASQUES.	
TIRROLOIS.	

La Scéne est à VENISE.

PERSONNAGES DANSANTS.

ACTE PREMIER.

BARQUEROLLES.

M. LANI, Mlle· ALLARD.

M. DAUBERVAL, Mlle. PESLIN.

M^rs. MALTER, LE GRAND.

Mlles. MION, DERVIEUX.

M^rs. Doffion, Giguet, Lieffe, du Bois, la Rue,
Cafter, Gambu, Ferret.

Mlles. Adélaïde, la Fond, d'Auvilliers, Villette,
Hidoux, Louifon, de l'Aunai,
Laud'heumier.

ACTE SECOND.

DEVINS & DEVINERESSES, en Démons.

M. LAVAL.

M^rs. ROGIER, LEGER, RIVIERE, GRANIER.
Mlles. GAUDOT, GRANDI, NIEL, BLONDEVAL.

M^rs. Trupti, Doffion, Lani, c., Lieffe, des Preaux,
Pierfon.

Mlles. de Miré, Delfevre, l'Huillier, Mimi,
Ifoire, Davia, c.

ACTE TROISIEME.

MASQUES NOBLES.

M. VESTRIS, Mlle. HEINEL.

M. GARDEL, Mlle. ASSELIN.

M^{rs}. Leger, Riviere, Trupti, des Preaux.

Mlles. Gaudot, Grandi, Delfevre, Teſtart.

BERGERS GALANTS.

Mlle. GUIMARD.

M. FIERVILLE, Mlle. du PEREI.

M^{rs}. du Bois, Granier, Caſter, Aubri.

Mlles. Adélaïde, la Fond, Buart, Riviere.

TIROLLOIS.

M. LANI, Mlle. ALLARD.

M. DAUBERVAL, Mlle. PESLIN.

M^{rs}. Giguet, la Rue, Gambu, Ferret.

Mlles. Vernier, le Roi, Hidoux, de l'Aunai.

PROVENÇAUX

M^{rs}. Malter, Durand, Allix, Balderoni.

Mlles. Mion, Dervieux, Audinot, Louiſon.

LA VÉNITIENNE,
COMEDIE-BALLET.

ACTE PREMIER.

Le Théâtre repréſente des Jardins, & dans l'éloignement, la Place Saint Marc.

SCÉNE PREMIERE.

LÉONORE, ſeule.

TENDRES Plaiſirs, charmants Amours,
Ah, que n'ai-je plûtôt ſenti votre puiſſance !
Deviés-vous dans l'indifference
Laiſſer coûler mes plus beaux jours ?

Du-moins gardons-nous bien d'éteindre
Les feux que dans mon cœur l'Amour daigne allumer:
Au lieu de m'en laisser charmer,
Falloit-il perdre, helas ! tant de tems à les craindre ?

Tendres Plaisirs, charmants Amours, &c.

SCÈNE II.

LÉONORE, ISABELLE, SPINETTE.

ISABELLE.

Quoi ? vous me trahissés, ingrate Léonore !
De la tendre amitié vous brisés tous les nœuds !
L'amant, qui m'aimoit, vous adore ,
Et votre cœur reçoit ses infideles vœux.

LÉONORE.

L'amitié n'a point à se plaindre :
Votre amant, sous mes loix, ne sauroit être heureux ;
Et vous verrés bientôt mourir ses nouveaux feux,
Si le mépris les peut éteindre.

ISABELLE.

Quoi ! les jeux que l'ingrat vous offre chaque jour....

LÉONORE.

Lorsqu'il me les offrit j'ignorois son amour.

ISABELLE.

ISABELLE.

Mais vous n'en doutés plus, & les souffrés encore :
La fête qu'il vous donne aujourd'hui marque bien....

LÉONORE.

Cessés d'accuser Léonore :
Pour calmer votre cœur, connoissés tout le mien.

C'est dans les premiers jeux que me fit voir Octave,
Que la paix sortit de mon cœur :
De l'Amour il devint l'esclave,
Un inconnu fut mon vainqueur.

Ses yeux furent les seules armes
Dont l'Amour se servit pour domter ma fierté :
D'un seul de ses regards mon cœur fut enchanté ;
Le masque me cacha le reste de ses charmes.

Il me parle à ces jeux, que vous me reprochés ;
Le bal même aujourd'hui me promet sa présence,
Et je me livre à l'esperance
D'y voir enfin ses traits, qu'il m'a toûjours cachés.

ISABELLE.

C'est assés ; mon amant n'a point touché votre âme,
Mes soupçons ne m'agitent plus.

LÉONORE.

Je vais encor, par de nouveaux refus,
Servir votre amour & ma flâme.

B

SCÈNE III.

ISABELLE, SPINETTE.

SPINETTE.

L'Amour répond à ses souhaits,
　Son bonheur est extrême.

ISABELLE.

Juge si ses plaisirs peuvent être parfaits ;
　Je suis cet inconnu qu'elle aime.

SPINETTE.

Que dites-vous ?

ISABELLE.

　　Lorsque de mon amant
Je vis l'inconstance fatale,
Je le suivis partout sous un déguisement
Qui m'a livré le cœur de ma rivale.

L'ingrat trouve en moi-même un obstacle à ses vœux.

SPINETTE.

Sa trahison pour vous en est moins rigoureuse.

ISABELLE.

　L'infidele n'est point heureux ;
Mais en suis-je moins malheureuse ?

Non, l'Amour ne veut pas que l'on goûte à la fois
  Le doux plaifir d'aimer & d'être aimée.

Tant que fes feux ne m'ont point enflâmée,
L'inconſtant que je pleure a fléchi fous mes loix;
Mais l'ingrat m'a trahie auſſitôt que charmée.
Non, l'Amour, &c.

    Redoublons cependant nos foins,
  Pour ramener l'ingrat fous mon empire :
Qu'ici de tous fes pas tes yeux foient les témoins;
    Obferve tout, pour m'en inftruire.

SCÉNE IV.

SPINETTE, *feule.*

DE mille amants en vain nous recevons les vœux,
On les perd fans retour en terminant leurs peines;
    Les perfides brîfent leurs nœuds,
    Dès qu'ils ont formé notre chaîne

    On ne foûpire long-tems
    Que pour des beautés cruëlles :
    Les peines font les cœurs conftants,
    Les plaifirs font les infideles.

Cachons-nous; obfervons Octave, que j'entends.

SCÉNE V.

OCTAVE, LÉONORE, SPINETTE, *cachée.*

OCTAVE ET *LÉONORE*, *ensemble.*

Octave.....Non, ne redoutés plus l'Amour.
Léonore .. Non, ne me parlés plus d'amour.

OCTAVE.

Votre fierté s'accroît sans-cèsse.

LÉONORE.

Vos transports importuns redoublent chaque jour.

OCTAVE.

A votre tour cedés à ma tendresse.

LÉONORE.

Trïomphés-en à votre tour.

OCTAVE ET *LÉONORE*, *ensemble.*

Octave .. Non, ne redoutés plus l'Amour.
Léonore .. Non, ne me parlés plus d'amour.

LÉONORE.

Pourriés-vous oublïer les charmes d'Isabelle?

OCTAVE.

Je vous vois mille attraits, plus brillants & plus doux.

LÉONORE.

Vous devés n'aimer qu'elle.

OCTAVE.

Je ne puis aimer que vous.

LÉNORE.

Après mille ferments, feriés-vous infidele ?

OCTAVE.

Le jour que je vous vis je les oublïai tous.

LÉONORE.

Vous me verrés toûjours infenfible & cruëlle.

OCTAVE.

Je vous aimerai, même avec votre couroux.

LÉONORE.

J'éteindrai vos ardeurs, par mon indifference.

OCTAVE.

Je vaincrai vos mépris, par ma perféverance.

LÉONORE.

Cessés de m'aimer dès ce jour.

OCTAVE

Commencés d'aimer dès ce jour.
Non, ne redoutés plus l'Amour.

LÉONORE.

Non, ne me parlés plus d'amour.

OCTAVE ET LÉONORE *ensemble*.

Octave... Non, ne redoutés plus l'Amour.
Léonore.. Non, ne me parlés plus d'amour.

(On entend une simphonie.)

LÉONORE.

D'où viennent ces concerts? quel spectacle s'apprête ?
Vous voulés perdre encor quelque nouvelle fête,

SCÉNE VI.

OCTAVE , ISABELLE , SPINETTE , *cachée* ,
Troupe de BARQUEROLLES, ZERBIN ,
conduisant la fête.

ZERBIN.

QUe pour Cithere,
Chacun vienne s'embarquer ;
Pour être heureux, il faut rifquer ;
Quand on fait plaire ,
Jamais le vent n'eft contraire :
Jeunes cœurs , venés tous ,
Il n'eft point d'écueils pour vous.

(*Les Barquerolles forment le divertiffement.*)

ZERBIN , *alternernativement avec* LE CHŒUR.

L'Amour nous prèffe ,
Suivons-le fans-cèffe ,
Tout doit s'enflâmer.
Qu'envain le vent gronde
Qu'il fouleve l'onde ;
Pourquoi s'allarmer ?

Amour, tu nous menes;
Nos craintes font vaines,
Tu fais les calmer.

(*Le divertiſſement*).

ZERBIN, *à* **Léonore.**

Au plus aimable voyage
L'Amour veut vous engager;
Ce dieu commande à l'orage,
Vous voguerés fans danger.

Il eſt cent douceurs qu'on goûte
Dans l'eſpoir d'un plus doux fort;
Et les plaifirs de la route
Valent préfque ceux du port.

Au plus aimable voyage, &c.

(*On danſe.*)

le **CHŒUR.**

Donnés-nous des jours fortunés;
Regnés, tendres Zéphirs, regnés feuls fur les ondes;
Que dans leurs cavernes profondes
Tous les vents orageux demeurent enchaînés.

(*On danſe.*)

SCENE

SCÈNE VII.

OCTAVE, LÉONORE, ZERBIN, SPINETTE, *cachée.*

OCTAVE.

QUoi! toûjours de l'Amour voulés-vous vous
   deffendre?
Vous voyés tous les cœurs charmés de fes appas;
   Tout vous prèffe de vous rendre.

LÉONORE.

Mon cœur ne m'en prèffe pas.

Ne tentés plus de nouvelles conquêtes,
Rendés-vous à l'objet dont vous futes épris:
Je ne puis vous donner que ce fincere avis
   Pour le prix de toutes vos fêtes!

C

SCÈNE VIII.

OCTAVE, ZERBIN, SPINETTE, *cachée.*

OCTAVE.

L'Ingrate !

ZERBIN.

Envain pour vous j'ordonne mille jeux,
Nous perdons tous nos foins.

OCTAVE.

Quel mépris rigoureux !
Suis-moi, Zerbin : je veux confulter Ifménide,
Elle habite près de ces lieux ;
On dit que l'avenir eft fans voile à fes yeux:
Sur le fort de ma flâme il faut qu'elle décide.
Viens.

SCÈNE IX.

SPINETTE, *feule.*

ALlons révéler le deffein du perfide :
Qu'il ne trouve de paix que dans fe p emiers nœuds.

FIN DU PREMIER ACTE.

ACTE SECOND.

Le Théâtre repréfente un Antre, éclairé par une lampe.

SCÉNE PREMIERE.

OCTAVE, *déguifé en Valet*, ZERBIN, *déguifé en noble Vénitien.*

OCTAVE.

TEs pas font incertains, qui te fait chanceler?

ZERBIN.

Puis-je entrer ici fans trembler ?

Pour braver les périls, où votre amour m'engage,
J'ai voulu de Bacchus emprunter le fecours :

C ij

Dans sa liqueur j'ai cherché du courage,
Mais je sens bien que j'en manque toûjours.

O C T A V E.

C'est m'offenser que de rien craindre :
Rassûre-toi, Zerbin, & songe à te contraindre.

Il faut de nos Devins essayer le pouvoir ;
De ton déguisement soûtiens bien l'apparence ;
Par-là nous allons bientôt voir
Ce que je dois fonder d'espoir sur leur puissance.
Je vais les avertir : demeure.

Z E R B I N.

Quoi ! sans vous ?

Je ne puis.

O C T A V E.

Obéis, si tu crains mon couroux.

SCÉNE II.
ZERBIN, *seul.*

Ciel ! il me laîsse, il m'abandonne !
Que je vais payer cher ses nouvelles amours !...
Où suis-je, malheureux ? je tremble, je frissonne !
Quoi, Bacchus, ai-je envain imploré ton secours ?
Ne saurois-tu bannir le trouble qui m'étonne ?

Quels funestes objèts s'offrent à mes regards ?
Je crois voir s'élever mille spectres terribles ;
Des monstres, sous mes pas, naîssent de toutes parts...
Quel bruit affreux ! quels cris ! quel hurlements hor-
    ribles !

      Fuyons... mais par où m'échapper ?
La frayeur, pour sortir, me cache le pâssage.
Ciel ! quelle main m'arrête ? & quelle affreuse image !
Quel géant furieux est prêt à me frapper ?

Lâche, tu ne vois rien ; rougis de tes allarmes.
Bacchus, viens dissiper les erreurs de mes sens ;
Ne m'as-tu donc prêté que d'impuissantes armes ?
Ah ! je te reconnois au calme que je sens.

Livrons-nous au sommeil, où ce dieu nous convie,
Enchantons mes frayeurs sous ses charmants pavôts.
Que le sort des mortels est peu digne d'envie !
        Les plus doux plaisirs de la vie,
        Sont de n'en point sentir les maux.

(Il s'endort.)

SCÈNE III.

ISABELLE, ZERBIN, *endormi.*

ISABELLE.

J'Ai fu que mon amant doit fe rendre en ces lieux,
 Mon dépit m'engage à l'y fuivre ;
Je brûle de punir fon amour odieux.
Mais que vois-je ? c'eft lui que le fomeil me livre.

Tu peux dormir, ingrat, & tu trahis mes feux !
Le repos entre-t-il dans le cœur d'un perfide ?
Ah ! vengeons-nous, vengeons le mépris de nos vœux ;
L'amour gémit envain, la colere décide.

Regnés, haîne, fureur ; trïomphés aujourd'hui ;
Non, non, ne fouffrés pas que mon cœur s'attendriffe.
L'ingrat ne m'aimeplus ; qu'il meure, qu'il périffe !
Et, fi je l'aime encor, périffons après lui.

Regnés, haîne, fureur ; trïomphés aujourd'hui.
 (*Elle va pour lui ôter fon poignard & l'en frapper.*)
  Z E R B I N, *fe réveillant.*

Ah !
  I S A B E L L E.
 Quelle eft cette voix !
  Z E R B I N.
     O difgrace cruëlle !
Que vois-je ? que croirai-je ! êtes-vous Ifabelle ?

Ou ne seriés-vous point plûtôt quelque démon
          Qui, sous les traits de cette belle,
Vient effrayer mes sens & troubler ma raison ?

ISABELLE.

          Qu'entends-je ? ce n'est point Octave !
Sous ce déguisement, qui te peut amener ?
Parle.

ZERBIN.

          L'Amour, dont mon maître est l'esclave,
Est l'unique raison que j'aie à vous donner,
Mais, ciel ! est-ce bien vous ? ma frayeur se redouble.
          Vous me voyés tout interdit :
          Ah ! si vous êtes un esprit,
Disparoissés, de grâce, & dissipés mon trouble.

ISABELLE, *lui touchant l'épaule.*

Tout esprit que je suis, n'en conçois point de peur.

ZERBIN, *fuyant.*

Je suis mort !

ISABELLE.

          Je ne veux que punir un perfide.
Que fait ton maître ?

ZERBIN.

          Hélas ! il consulte Isménide,
Pour apprendre le sort de sa nouvelle ardeur.

                              ISABELLE.

ISABELLE.

Ciel!

ZERBIN, *tremblant.*

De son changement l'injuſtice eſt extrême ;
J'ai, cent fois, condamné ſes volages amours ;
Je lui vante Iſabelle & je la ſers toûjours
    Comme ſi c'étoit pour moi-même.

ISABELLE, *à part.*

On vient. Je veux les écouter :
Leur diſcours m'apprendra ce que je dois tenter.

✿✿✿✿✿✿✿✿✿✿✿✿✿✿✿✿✿✿✿✿✿✿✿✿✿✿✿✿

SCÈNE IV.

OCTAVE , ISMÉNIDE , *Devineresse* ,
ZERBIN, *Troupes de* DEVINS
& de DEVINERESSES.
ISABELLE , *les observant sans être vue.*

OCTAVE.

Vous, pour qui l'avenir n'a rien d'impénétrable,
Qui des plus sombres cœurs percés tous les détours ;
Vous savés qui de nous cherche votre secours :
    Sur l'ennui secret qui l'accâble ,
Prononcés-lui du sort l'arrêt irrévocable.

ISMÉNIDE.

Vous croyés me surprendre, en me cachant vos vœux?

OCTAVE.

Votre art découvre tout; c'est à nous de nous taire.

ISMÉNIDE , *à part.*

N'importe , malgré leur mistere ,
En les intimidant, tâchons à juger d'eux.

(Elle observe leurs mouvements.)

Les démons à ma voix vont paroître en ces lieux ;
Pourrés-vous soûtenir leur terrible préfence ?

OCTAVE.

Parlés, je ne crains rien.

ZERBIN.

Moi, je crains tout : o Dieux !

OCTAVE.

Préfentés, s'il le faut, tout l'enfer à nos yeux,
Et répondés à fon impatïence.

ISMÉNIDE.

Je pénetre au fond de vos cœurs.
Envain vous vous cachés fous ces dehors trompeurs ;
Je ne faurois vous méconnoître.

(à OCTAVE.)

Vous me cherchés, vous feul, & vous êtes fon maître.

OCTAVE.

Vous favés quel deffein en ce lieu me conduit ?

ISMÉNIDE, embarraſſée.

Souvent… l'Amour…

ZERBIN.

Ciel ! quel démon l'inftruit ?

ISMÉNIDE.

L'Amour vous fait fentir fes plus rudes atteintes.

ZERBIN.

Chaque mot redouble mes craintes.

OCTAVE.

Apprenés-moi quel fort il réferve à mes feux.

ISMÉNIDE.

Laiffés-nous célébrer nos mifteres affreux.

De mes enchantements, Miniftres redoutables,
O vous, qui vivés fous mes loix,
Faites tout retentir de vos cris effroyables ;
Contraignés le Deftin de répondre à ma voix.

LE CHŒUR.

Que tout tremble, que tout frémiffe !
Que de nos voix tout retentiffe.
Contraignons le Deftin de répondre à nos voix.
(*les Devins font leurs cérémonies magiques.*)

ISMÉNIDE.

Noir Souverain des ténébreux abîmes ,
Du deftin à nos yeux dévoile les fecrèts :
Pour prix de tes bienfairs,
Puiffe par-tout la mort t'immoler des victimes !

Que la guerre en cent lieux répande la terreur;
Que la rage cruëlle empoifonne fes armes;
  Que les cris, le fang & les larmes
  Signalent par-tout fa fureur.

LE CHŒUR.

Que la guerre, &c.

ZERBIN.

Ne fuis-je pas déja dans les fombres Royaumes?
J'ai beau fermer les yeux, je vois mille fantômes.

ISMÉNIDE.

Que ces flambeaux éteints laiffent regner la nuit;
Cette fombre luëur nuit encore à mes charmes.

  (*à* OCTAVE.)

  Bien-tôt, pour prix de vos allarmes,
De votre fort vous allés être inftruit.

  (*On éteint la lampe qui éclairoit l'Antre.*)

ISABELLE, *à part, dans le fond.*

Avançons: la clarté ne me fait plus d'obftacle;
Profitons de la nuit & prononçons l'oracle.

  Tremble, Octave, écoute ma voix.

ISMÉNIDE & tous les autres ACTEURS , effrayés.

Ciel, o ciel ! je frémis.

ISABELLE.

Gardés tous le silence.

ISMÉNIDE & LE CHŒUR.

Quelle surprise! o Dieux! quelle puissance
Vient ici nous donner des loix ?

ISABELLE.

Obéissés, ou craignés ma vengeance.

(à OCTAVE.)

Perfide ! roms tes nouveaux fers :
Je tiens le fer levé sur ton cœur infidele ;
Cette nuit, avec moi, je t'entraîne aux enfers,
Si ce jour ne te voit sous les loix d'Isabelle.

ISMÉNIDE & LE CHŒUR.

Quelle horreur ! quel prodige! o Dieux!
Fuyons, fuyons de ces funestes lieux.

(Ils sortent tous.)

ISABELLE, *seule.*

Toi, qui m'as inspirée, acheve ton ouvrage,
Amour ! c'est à toi seul de me rendre un volage.

FIN DU SECOND ACTE.

ACTE TROISIEME.

Le Théâtre repréſente un Sallon, préparé pour
un bal.

SCÉNE PREMIERE.

LÉONORE, ſeule.

QUAND je revois l'objet de mes amours,
Le tems s'enfuit d'une vîteſſe extrême ;
Mais, hélas ! il ſuſpend ſon cours,
Quand je ne vois plus ce que j'aime.

O Tems ! ſervés mieux nos deſirs ;
Réparés de l'Amour les rigueurs inhumaines ;

Arrêtés-vous, pour fixer ses plaisirs ;
Volés, pour abréger ses peines.

SCÈNE II.

LÉONORE, OCTAVE.

OCTAVE.

Vous rêviés seule en ce séjour ;
La solitude invite à l'amoureuse flâme :
Ne craignés-vous point que l'Amour
Ne prenne ces moments pour surprendre votre âme ?

LÉONORE.

L'Amour coûte trop de soûpirs.
On se plaint, on languit dans ses plus douces chaî-
nes ;
Il n'est jamais sans desirs,
Et les desirs font des peines.

OCTAVE.

Sans lui rien ne peut nous charmer ;
L'Amour seul peut nous satisfaire.
Le plus doux plaisir est d'aimer,
Et le plus sensible est de plaire.

ISABELLE.

(*Isabelle, masquée, paroît avec une troupe de*
Masques.)

LÉONORE, *à part.*

L'objet qui m'a charmé vient de frapper mes yeux,
Éloignons un moment son rival de ces lieux.

(*à Octave.*)

Octave, allés vous-même avertir Isabelle.

OCTAVE.

Eh ! pourquoi voulés-vous qu'elle soit de ces jeux ?

LÉONORE.

Allés, vous dis-je, je le veux ;
Et ne revenés pas sans elle.

OCTAVE, *à part.*

Quels soupçons viennent m'agiter !
Demeurons, & sachons s'il s'y faut arrêter.

SCENE III.

ISABELLE, *masquée & déguisée en Vénitien,*
LÉONORE, OCTAVE, *caché.*

ISABELLE.

JE vous revois enfin, aimable Léonore.
Que de nouveaux attraits! que mes yeux sont charmés!

E

LÉONORE.

Hélas ! vous m'affûrés toûjours que vous m'aimés,
　Et je n'ai pu vous voir encore.

ISABELLE.

Je perdrois votre cœur, pour contenter vos yeux ;
Vous m'en aimeriés moins, fi vous me voyiés mieux.

LÉONORE.

Que dites-vous, ingrat ? ces injuftes allarmes
　Vous obligent à vous cacher ?

ISABELLE.

J'aurois en vain les plus aimables charmes,
　Ils pourroient ne vous pas toucher.
C'eft par ma feule ardeur que je prétends vous plaire.

LÉONORE.

Vos refus ne font voir qu'une ardeur bien legere.

ISABELLE.

　Mon cœur brûle de mille feux,
La conftance & l'amour y triomphent enfemble.
　Non, dans tout l'empire amoureux,
Vous ne trouverés point d'amant qui me reffemble.
Mais fi mon cœur eft tendre, il n'eft pas moins jaloux :

Je crains qu'Octave un jour ne vous fléchiſſe ;
Il vous rend mille ſoins…

LEONORE.

Je les mépriſe tous.

ISABELEE.

N'importe, ſon amour m'eſt un cruël ſuplice.

Ah ! cachés à ſes yeux les beautés que je voi ;
Éteignés ſon amour, pour bannir mes allarmes :
Moins il vous trouvera de charmes,
Et plus vous en aurés pour moi.

LÉONORE.

N'êtes-vous pas le ſeul de qui l'ardeur m'enchante ?
Tout autre amour m'eſt odïeux.
Je voudrois être encor mille fois plus charmante ;
Mais je voudrois ne l'être qu'à vos yeux.

ENSEMBLE.

Suivons l'Amour, qui nous appelle ;
Qu'il enchaîne nos cœurs de ſes nœuds les plus beaux :
Que notre ardeur ſoit éternelle ;
Et nós plaiſirs toûjours nouveaux.

OCTAVE.

(à part.)

Ah ! c'en eſt trop, je cede à cette offenſe.

E ij

(*à Léonore.*)

Inhumaine, quel prix reçois-je de mes vœux ?
C'eſt donc là cette indifference
Que vous oppôſiés à mes feux !
Malheureux ! quelle erreur avoit ſéduit mon âme ?
Je prèſſois votre cœur de ſe laiſſer charmer,
Tandis que le cruël, qui dédaigne ma flâme,
Ne ſavoit que trop bien aimer.

ISABELLE.

Calmés le tranſport qui vous guide :
Peut-être qu'Iſabelle eſt cachée en ces lieux :
Ne rougiriés-vous point de montrer à ſes yeux
Ce déſeſpoir perfide ?

OCTAVE.

Quoi, tu m'ôſes braver!.. Crains l'amour en couroux.

LÉONORE.

Cruël ! à quels tranſports vous abandonnés-vous ?

OCTAVE.

Ingrate, c'eſt lui ſeul qui cauſe vos allarmes ;
C'eſt pour lui que coûlent ces larmes.

Ah, vengeons-nous, brisons un funeste lien !
De son sang odieux voyés rougir mes armes,
Et pleurés son trépas, ou jouïssés du mien.

*(ISABELLE, ôtant son masque d'une main, & de
l'autre tirant son poignard.*

Connois-moi donc, perfide! & frappe, si tu l'ôses.

LÉONORE & OCTAVE.

Que vois-je ?

LÉONORE.

Amour! à quels maux tu m'expôses?

(Elle sort.)

SCÈNE IV.

OCTAVE, ISABELLE.

ISABELLE.

Qui te retient, ingrat? suis ton ressentiment,
Sois mon vainqueur, ou ma victime ;
Que l'un de nous périsse en ce moment:
Perfide! viens combler ton crime,
Ou recevoir ton châtiment.

O C T A V E.

Je ne puis revenir de mon étonnement.

I S A B E L L E.

J'ai touché l'objet qui t'enchante,
Sous ce déguisement, j'ai traversé tes vœux ;
Mais je sens, malgré moi, ma colere mourante ;
Cèsse de m'offenser, reprends tes premiers nœuds :
Ne vois en moi qu'une fidele amante ;
N'y vois plus de rival heureux.

Laîsse-toi vaincre à ma constance ;
Laîsse à mes tendres feux rallumer ton ardeur :
Mes larmes, mes soûpirs sont toute ma vengeance.
Vois l'amour dans mes yeux redemander ton cœur.

O C T A V E.

Tant d'amour touche enfin mon âme ;
Plus charmé que jamais, je tombe à vos genoux :
Accordés le pardon d'une infidele flâme
A celle que mon cœur sent renaître pour vous.

(On entend le prélude de la fête.)

I S A B E L L E.

On vient. Que cette fête aura d'attraits pour moi !
Je lui dois le bonheur de vous voir sous ma loi.

SCÈNE DERNIERE.

OCTAVE, ISABELLE, ZERBIN, SPINETTE,
Troupe de MASQUES *qui entrent en dansant.*

LE CHŒUR.

LOin de nos jeux, importune sagesse,
Ne troublés point un si beau jour;
Accourés, aimable jeunesse,
Amenés les Ris, & l'Amour.
(On danse.)

ISABELLE.

D'un infidele enfin, j'ai rallumé la flâme;
Et jamais le bonheur de regner dans son âme
   N'avoit tant flaté mes desirs.
Amour! s'il eût été plus constant dans mes chaînes,
J'ignorerois encor tes plus cruëlles peines;
Mais mon cœur n'auroit pas goûté tous tes plaisirs.
(On danse.)

ZERBIN.

Le Dieu malin, qui regne dans Cithere,
S'amuse quelques fois aux dépens de nos cœurs:
   Souvent sa main, vive & légere,
Lance des traits, qui nous coûtent des pleurs.

Mais lorsque d'une ardeur sincere
Il se plaît à nous enflâmer,
Pour voler sur nos pas, les Jeux quittent sa mere ;
Un jour pur brille & nous éclaire,
Et le premier des biens est le plaisir d'aimer.

(On danse.)

OCTAVE.

Amour ! couronne ta victoire,
Fixe pour-jamais mes desirs :
En veillant à nos plaisirs,
Tu veilleras à ta gloire.

Quand ta main, charmant vainqueur,
Vient rallumer dans mon âme
L'ardeur de ma premiere flâme,
Elle me rend tout mon bonheur.

Amour ! &c.

F I N.

APPROBATION.

J'Ai lu, par ordre de Monseigneur le Vice-Chancelier, une Nouvelle Édition de la *VÉNITIENNE*, & n'y ai rien trouvé qui ne doive en favoriser l'impression. A Paris ce 25 Mars 1768.

DEMONCRIF.